U0727795

小孩的使用说明书

王淑芬◎著　马小得◎绘

海峡出版发行集团　福建少年儿童出版社
THE STRAITS PUBLISHING & DISTRIBUTING GROUP　FUJIAN CHILDREN'S PUBLISHING HOUSE

序 我为什么写这本书

—— 诗是很灵魂深处的东西 ——

王淑芬

　　本书的写作初衷，跟我一位好友有关。有一天，好友问我，如果想让她的学生对童诗有入门理解，可以读哪些书？（她在大学教儿童文学相关课程。）

　　应该不少！我讲了数本书，有些是充满童心童趣的，有些着重于赏析，有些会示范怎么写，有些会提供创作的点子……总之，必须读多本书。

　　于是，我心生一念，大胆开口："不如，我来写一本多功能的书，不仅有童诗、赏析、创作教学，还有童诗入门须知。"

而且，我本来就很爱写诗啊。我生平得到的第一个文学大奖，就是信谊幼儿文学奖，当时就是写了十二首童诗《为什么，为什么不》，得到一等奖呢。

写这本书时，我设定的方向，也希望与一般童诗不一样。

一说起童诗，多数人想到的无非是"小猫小狗花朵开，歌咏蝴蝶与云彩"吧。我们小时候开始读诗，先是感受它的韵律之美，语音或铿锵或轻快，读起来很好听，耳朵真舒服；诗的内容也多是赞美大自然，或是对生活中的人、物、事的亲切欢颂，读完心情很愉快。

然而，童诗不能进阶升级吗？只能一直在凝视妈妈与毛毛虫吗？

诗，到头来最想到达的，是境界，是心灵对万物的感悟，是对自己为何哭与笑的接受与反思。何必将童诗的读者一直局限在幼儿园与小学低年级呢？

因此，我最想写的童诗，是长大一点的，是张大眼看更远的，但同时也是静下来看到自己内心最深处的。

不要认定小孩子一定不懂，因而禁止他们去试着懂。

带着这样的心情，除了写不那么低幼的诗，我也为每一首诗殷勤写下创作时的思路，以及使用了何种文学技巧。可以说这不单纯只是一本童诗集，它也是工具，希望带着大小读者一同在诗山中，开垦出康庄大道，供未来快意登高。

　　尽管有人严厉地指责："诠释一首诗，就是在谋杀它。"不过，我认为诗是宽容的，诗的本质是海纳百川、欢迎百万种解读的，无须如此苛责想要为诗写说明书的善意。

　　何况，对语义的深度了解，通常需要学习，因此，对"涉诗未深"的孩子（诗的初读者）详加解说其所以然，是一种过渡时期的"师父领进门"。让孩子有机会了解诗人为什么这样写，有助于将来他们可以自己领略其他的诗，甚至开始写自己的诗、自己的心、自己最纯真的原初。这样不是很好吗？

目录

我是这样的我

我思考所以我存在

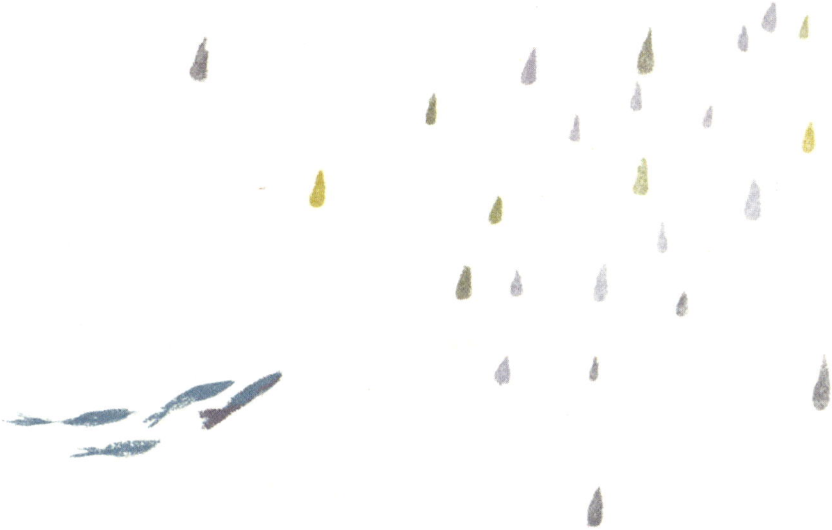

我为什么写诗

我是这样的我

如果你是你

如果你是猫，大声喵喵喵。

如果你是鱼，游到大海里。

如果你是圆，宇宙转一圈。

如果你是天，大家都看见。

如果你是一，一直走下去。

如果你是你，你就是自己。

这首诗
在写什么呢？

　　这首诗，写的是辽阔、自由自在，勇敢做自己。勇敢做自己，当然要在开阔的背景下比较有感觉。因此，诗中的"大海""宇宙""天""一直走下去"，这些词语或句子，都提供辽阔感。

　　想象一下，一只小小鱼，在无边的大海中游过来游过去，这是一幅多么自由、多么辽阔的画面。所以，你会发现，诗中说"如果你是鱼，游到大海里"，而不是写"如果你是鱼，游到小溪里"。小溪、小河里的鱼，跟大海中的鱼比一比，谁比较能给人辽阔、自由自在的意象？（"意象"指的是：通过阅读文字，读者的脑子里想象出的某种画面。）

　　除了鱼游到大海里，猫大声喵喵叫，而不是小声地呜呜叫，也表达着在辽阔的大地上，自由快乐高声唱的感觉。

练习写写看

请你找一找，这首诗还有哪几句也给你"辽阔、自由自在的感觉"？

尝试描绘出其他的感觉吧！

参考例句：

如果你是雨，落在（   ）

如果你是花，开在（   ）

如果你是轮子，奔跑在（   ）

~~~~~~

~~~~~~

~~~~~~

~~~~~~

我的心中是小孩

雨的中间还是雨，

风的中间还是风。

白云里面是白云，

天空上面是天空。

大海深处是大海，

梦的梦中还是梦。

我的心中是什么，

是花是云还是海？

小孩的心中是小孩。

这首诗
在写什么呢？

　　这首诗的主题是"自己的内心世界"，每个人都有自己看待世界的方式、判断价值的准则。这些方式和准则，就是心的方向。你的心觉得哪个方向比较重要，那个方向便成为你的信仰。

　　从这首诗的内容，可看出我想要表达的是：让心回到最纯洁、最单纯的初心，让自己葆有原来纯粹的、人性本善的美好本质。所以我举的例子都是"自己的内涵还是一样的自己"，雨就是雨，海就是海，云就是云。到了最后一句，虽然写的是小孩，但这里的小孩，不见得单指真正年纪小的孩子，也代表所有还葆有童心的大人。因为，只有葆有童心，他才是永远的小孩，不会随着年龄增长而老化。所以，这里不写"老人的心中是小孩"，而是"小孩的心中是小孩"。

练习写写看

你觉得一个人最重要的心的方向是什么？是善良、上进、大方、追求美，还是热情？

选一个你认为最重要的心之信仰，再举出有相同性质的具体物来形容。

参考例句：

我的心中住着一团火。

软软的外表，内心说不定很硬。

我是个盒子

第一层：

糖果，蜜枣。

白兔与绵羊。

金色的太阳。

第二层：

清茶，小米粥。

白鹭鸶掠过山腰。

银白的月亮。

第三层：

　　柠檬，海盐。

　　狮子飞奔在旷野。

　　流星啊流星，瞬间的耀眼。

这首诗
在写什么呢？

诗的主题是"我"：我是个什么样的人？我是由什么组成的？

写诗的技巧中，最常运用的是比喻，不论是直接的比喻（例如形容厚厚的冬雪像白色的棉被），或是隐含着的比喻（例如形容一件事被打了九个死结，意思是很难解开），这些都是一种"象征"。

诗常用象征手法，让读者透过甲来感受诗人真正要说的乙，经过一层转换，不那么直白，比较有趣。

这首诗为什么用盒子来做自我介绍呢？盒子，是用来装东西的，因此，让读者透过盒子里装的内容物，知道我的内涵。

本诗将盒子分为三层，通常盒子一打开，会先看到第一层。因此，第一层象征的是：别人看到的我，第一眼看到的我，也可以说是他人对我的外在印象。

第二层，则是自我认知，我自己知道其实我是怎样的人。第一层的我，有可能是为了与人交往，刻意显露的。第二层的我，才是真正的我。

到了第三层，则是理想中的我，我希望自己是什么模样。

每一层，我都以三句诗呈现，且彼此对应。第一句皆以食物来比喻，第二句是动物，第三句是自然景观。

糖果与蜜枣是甜食，清茶与小米粥清淡，柠檬与海盐则味道强烈。三种层次，象征着三种我的不同气息或质地。别人眼中的我可能甜、美好，与谁都很和善（第一层的东西，常常带有这样的特质），但自己知道那是一种必要的保护色。真正的我，其实喜欢恬恬淡淡的，所以第二层都是些令人安静、淡却有味的东西。不过，心中仍有某种呼唤，渴望自己是旷野中奔跑的狮子，是流星，虽然一闪而逝，但光芒十分耀眼，第三层便选择有这种特质的事物来象征理想中的我。

练习写写看

不妨想想，还可以用什么东西来比喻一个人的内涵（比如：我是一本书），当作自我介绍，或是仿照三层盒结构？但要记得三层的句数要一样，且彼此对应。比如：第一句都是花名，第二句都是生活中的用品，还必须有明显的象征意义。

参考例句：

第一层：小草在风中哼着歌。

第二层：兰花在山谷中静静地微笑。

第三层：大树屹立在喜马拉雅山。

我是你，我不是你

我是你，我和你住在一起。

我走的路你走过，我唱的歌你唱过。

我不是你，我们喜欢不同的东西。

我爱晴天，你爱下雨；我爱玫瑰，你爱蜥蜴。

我是你，我也不是你。

我是你，我也是自己。

这首诗
在写什么呢？

　　这首诗的主题是"彼此尊重"。想说的是：人与人之间，有相同的地方，也有不同之处，不该因为不同，而造成疏离。

　　相同的地方很多，如诗中所说的，生活在相同的地球上、天空下，同地区的人说的语言相同、唱的歌相同。

　　然而，每个人之间的不同也很多，就连最亲的家人也各自不同。人是有个性的，也应该保有某些自己的特质，当然更应该尊重他人的特质。虽然我爱晴天，你爱下雨，但不代表晴天比雨天好。

　　所以诗的最后说：我是你，意思是在某些宽泛的标准下，你和我都相同；不过，我也不是你，我和你还是有差异的。

　　如果更广义地说，这首诗也可指各种生命之间都该彼此了解与包容，不见得只指人类。

练习写写看

　　试着找一个对象，比如某位好朋友，想想自己与他有何相同与不同？或是将对象设定为人类以外的生物，甚至非生物，比如大山、海洋，写出彼此的同与不同。

参考例句：

我是必须吃吃喝喝的小孩，你是不吃不喝的大海……

我怕黑，黑夜怕不怕黑……

我喜欢游泳，你害怕水……

不一样的我

有一天，我心情很好，因为下雨了；

有一天，我心情不好，因为下雨了。

为什么会这样呢？

有一次，看见花开了，我张大眼，好高兴；

有一次，看见花开了，我想了想，好难过。

为什么会这样呢？

圆圆的月亮，让我的心饱饱的；

圆圆的月亮，又让我的心空空的。

为什么会这样呢？

前一分钟，后一秒钟，是不一样的我吗？

这首诗
在写什么呢？

　　这首诗的主题是矛盾，目的是邀读者思考：我们看待问题、说话做事经常前后不一致，到底是好还是坏？

　　大家都有过这样的经验：同一件事，会因为所处的状况不同，带给我们不同感受。有段时间，我沉迷于收集各式各样的立体书，只要有新的作品出版，我都尽量购买收藏。几年后，发现让自己花费大量金钱的这些书，其中有些根本不会再翻第二次，所以我便醒悟了：不必再疯狂地买它们，真正的拥有不见得需要买下来、放在家；有时，在网络上欣赏它们，或有机会翻一下，便是拥有了。

　　把这些曾经发生过的矛盾写下来，是一种对成长的理解。我们在反复中，明白更多道理，变得更宽容，更能包容世间万物与我们的不同。

　　花开得艳丽，让人感受生命之美，但是花开之后必会凋谢，思之也令人感伤。为什么会这样？因为人类是情感丰富的生物。

　　可是，正因为我们是有情之人，才更能对世间万物发出赞叹，也发出哀叹。觉察这些相反的心情，会让我们更敏锐地体会别人的感受，以及对这个有情人间的爱与同情。

练习写写看

　　试着找出自己曾有的两种矛盾心情，以你自己定的顺序列出来。比如可以先讲发生在自己身上的事（有时喜欢静静看书；有时喜欢丢开书，站起来跳舞），再讲与别人互动的事（有时喜欢跟朋友聊天，有时喜欢自己一个人）。

　　参考例句：

　　窗外有众鸟飞过，真好；窗外什么都没有，更好。

　　所以我到底喜欢什么？

小的时候

我小的时候，

是一只猫咪伸了伸懒腰，是一只小狗追着风跑，

是种在妈妈身边的小树苗。

我更小的时候，

是一个暖乎乎的小布包，在爸爸怀里摇啊摇，

在许多人眼里笑啊笑。

我更小更小的时候，

是爸爸妈妈一个甜甜的想象。

这首诗
在写什么呢？

　　这首诗主题是回想小时候，而且是甜美的小时候。

　　本诗将小时候分为三个不同阶段，再各自放入最具代表性的描写。依时间轴往前推，先想起的是不久前，然后再倒退到更小的时候，最后是未出生之前。既然是小时候，核心主要便是自己与家人。如何在三个阶段中，制造出区分呢？

　　倒叙中的最后一段，是未出生之前，那时的我，根本未成形，只是爸妈的想象；再大一点，出生后，被爸爸抱在怀里；而更大一点，即使跟在妈妈身边，也能偶尔离开，像小狗、小猫那样自由行动。有没有发现，三段诗皆围绕着"我与爸妈"，但以不同行动，来具体呈现成长的轨迹；又因为全诗聚焦在一家人上，更增加亲密感，营造出了家的温暖氛围。

　　诗可以跳脱出正常的语文法则，在诗歌中动词可当名词、形容词，添加语言的新鲜感与趣味。比如本首诗中："我小的时候，是一只猫咪伸了伸懒腰，是一只小狗追着风跑"，以猫的闲适慵懒与狗的活泼好动，形容童年的无忧无虑。

练习写写看

　　尝试以三段式回溯自己的小时候，并找出各个阶段最贴切的比喻。最好也像本诗一样，聚焦一个核心主题。比如，以"我最在意的事"当主轴来铺陈，看看不同阶段最让自己挂念的是什么，并以此来描绘成长轨迹。

　　参考例句：

　　小孩时，我耳里只听见三种声音：球在操场上弹跳、鸟儿歌唱与小伙伴高喊。

　　小小孩时，我耳里只听见两种声音：

小孩的使用说明书

第一条：给小孩很多很多的爱。

第二至九十八条：不是那么重要。

第九十九条：给小孩更多更多的爱。

第一百条：留一点空隙，让小孩也能爱你。

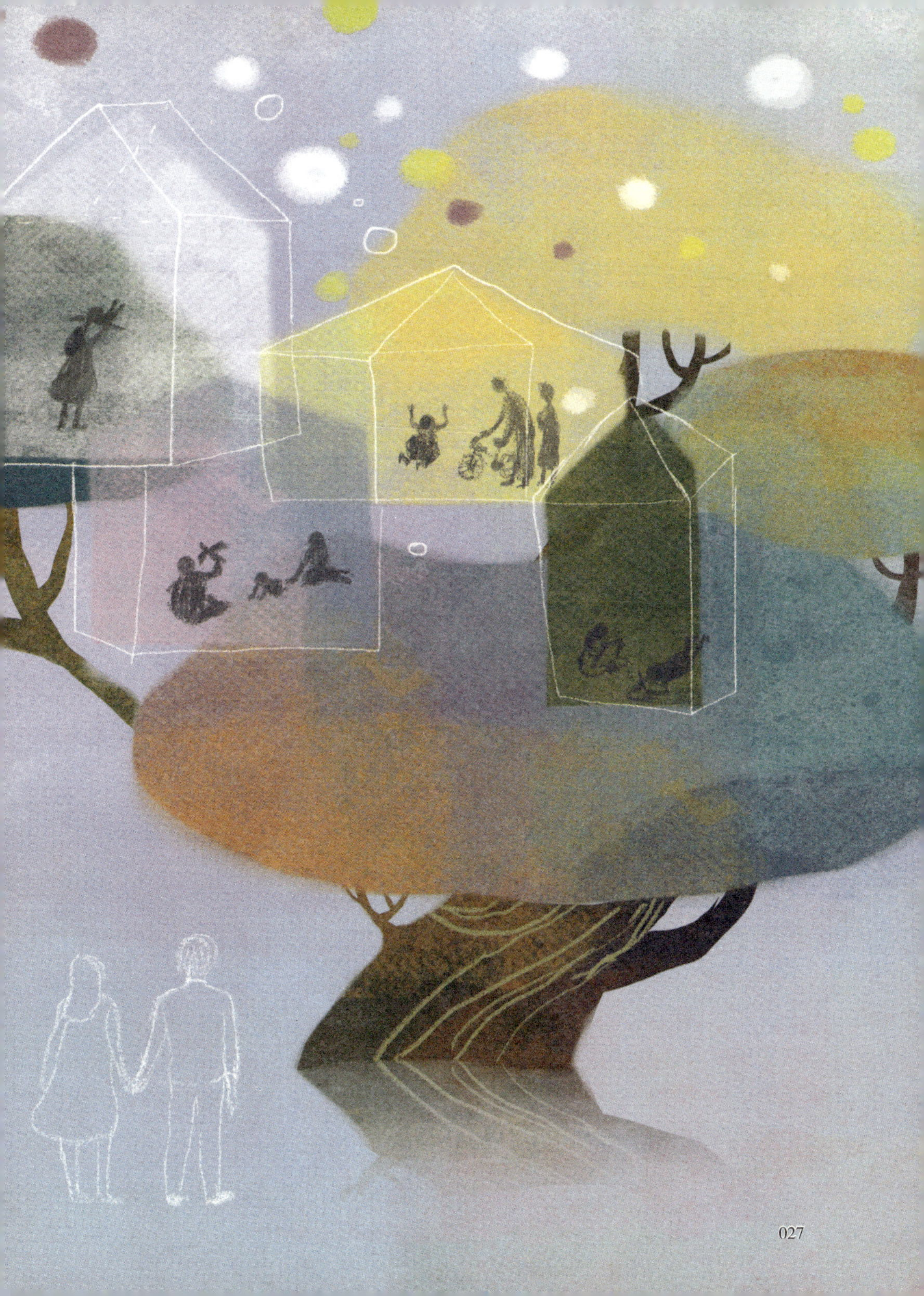

这首诗
在写什么呢？

　　这首诗的主题是：给孩子最好的也是唯一的礼物，是爱，而且越多越好。当然教养、健康、成就、财富等，也常被家长列为对孩子有益处的选项，然而最终，只有真诚的爱，才是亲子间最佳的"使用方式"。

　　想解释一件事，以说明书的条目式呈现，能达到简洁、一目了然的效果，也制造出权威、具效用的感觉。柔软人文的亲子感情，却以刚硬、理性的说明条文来叙写，反而带来反差妙趣。

　　诗的最后一句话意思是：不能只爱孩子，做父母的也该留点空隙，让孩子爱你；爱并非单向，必须双向互动才有意义。

练习写写看

以条目呈现的方式，找个主题来写使用说明书，主题可以是具体的人或事物，也可以是抽象的。比如：妈妈的使用说明书、聆听的使用说明书、快乐的使用说明书。

参考例句：

《一朵云的欣赏说明书》

动作：躺着，或抬头

眼神：专注，或不专注

开窗

“请帮我开窗。”

“不可以出去，乖乖待在屋里。”

“请帮我开窗。”

“我现在很忙。”

“请帮我开窗。”

“不，外面风太大了。”

“为什么不帮我开窗？”

“因为我曾经在窗外遇见可怕的东西。”

我站起来，走到窗边，

听见窗外有一对翅膀啪啪地响。

我打开窗，就这么简单。

这首诗
在写什么呢？

这首诗要表达的主题是"靠自己"与"行动"。

前四段是对话，请求别人帮自己开窗。对方的回答是有层次的：

1. 不可以出去→直接否定；

2. 我现在很忙→找借口；

3. 外面风太大→假装是为你好；

4. 在窗外遇见过可怕的东西→否定的源头是：原来对方有过坏经验，所以否定一切。

窗，被称为房屋的眼睛。将场景设定为"开窗"，有打开眼睛、看见外界的用意。

至于最后当自己准备采取行动，靠自己打开窗，先听见"翅膀啪啪地响"，为的是表达"窗外可以自由飞翔"的意思。如果写成"窗外有汽车喇叭叭叭地响""窗外有小贩叫卖东西的热闹"，虽然也是声音，但要表达的意思就完全不同了。

练习写写看

试着以"主动比依赖别人好"为主题写几句诗句。

参考例句:

请帮我写一个字……

请帮我画一幅画……

请帮我打开一本书……

我给得起

我可以给妈妈一个大大的拥抱，

跟我身体一样大的大。

这个礼物我给得起。

我还能给爸爸一个最甜的微笑，

可以甜满一整个糖罐那样的甜，

这个礼物我给得起。

我能给路边的树，一次很慢很慢的深呼吸；

我能给天空，一次很专心的看。

我能给我的朋友，一只认真聆听的耳朵；

我能给我自己，一些我给得起的快乐。

我给得起这么多，于是我什么都有；

有些人什么也给不起，有些人说他什么都没有。

这首诗
在写什么呢？

　　这首诗的主题是"知足、享受生活，才能得到自己所能真实拥有的快乐"。

　　快乐分为物质的、精神的，也分短暂的、长久的。起初，也许我们总想追求物质的快乐：多一点钱，吃贵一点的食物，穿高级的服饰，最好还能住顶级豪宅。如果有人认真工作，为家人挣得舒服的物质享受，当然值得嘉许。可是，如果一辈子只追求这种物质需求，不成功便觉得痛苦万分，又何苦呢？

　　转念想想，妈妈需要的，是孩子充满爱的拥抱，这样的亲密拥抱，对妈妈来说，保证赢过昂贵的华美衣裳。对爸爸来说，孩子甜滋滋的笑，也比一顿奢华大餐来得高级。

　　人与人之间，可以互相给予许多不输物质享受的精神鼓励。就算是年纪小的孩子，一样能给得起价值连城的东西，比如本诗中提到的专心欣赏天空之美、认真倾听朋友说话的行为。

　　当我们意识到自己其实给得起许多既简单又真诚的礼物，反过来说，我们一定也希望收到这样的礼物吧。不要整天只想着以金钱才能换取的快乐，得不到就唉声叹气。可能的话，尽量散播快乐能量，赞美他人，感谢别人的帮忙，对爱你的人回报以同样的爱。这些都是我们给得起、也十分珍贵的人生赠礼。

练习写写看

想想自己可以为身边的人做什么，给得起什么礼物。以做得到的、精神上的、能给他人正面能量的为主。一旦发现自己给得起这么多，就能确认自我价值，相信生活必定充满阳光、无比欢乐。

参考例句：

我可以给妈妈一日一美言，不必查资料，因为这些话妈妈也天天对我说。

那时

那时有座小池塘，那一天月光很吵

那一年我真小，小得以为月亮是枚铜板

买得到永远的妈妈怀抱，怀抱中的永恒温暖

那时有座大山，那一天山风很低调

那一年我真小，小得以为山就是不动如山的山

永远在某个地方，等我回家好好睡个觉

现在，我不小了

我知道了永远是个永远的谎言

没有什么是理所当然，没有一直都在的这种方便

一走远，有些山便倾斜

一离开，有些怀抱便温度下降

那时的以为

现在已经了解

了解长大是回不去的小池塘

回不去的那一天

这首诗
在写什么呢？

　　这首诗虽然乍看好像只是在回忆童年，并感伤时光无法倒转，但也表达了：诗，不见得只能是快乐的、阳光的、充满希望的。其实真实的人生，不可能时时刻刻都完美，所以不妨说，这首诗就是在写生活中也有失望。

　　然而，正因为失望，人们才会更珍惜曾经有过的美好。

　　当然，诗歌写得引起读者共鸣，能让有相同处境的人，借着诗句抒发一下心中苦闷。但要注意，写生活中的不满，不能只让文字沦为发泄、痛骂的工具，一直都是负面、灰色、绝望。这样的诗，不仅对读者无特别意义，还可能更深化读者的痛苦。

　　本诗从小池塘到大山，呈现的画面从微小到庞大。当我们回忆时，经常会这样：先想到细节、微处，再慢慢泛化到大局、整体。写有画面感的诗句时，不妨从小细节写到全景。例如：池上月光→池塘边草地→草地背后的大山。

　　本诗从小池塘开始，象征童年的小。到离开之后，意识到虽然月亮还在，大山也在，但是月下的人、山中的人，已经不一样了。长大之后，当然还可以再回到小池塘与大山之中，不过，心中的感受绝不相同。

如果小朋友年纪还小，现阶段还未能体会长大后"想回到童年"的渴望，不妨从另一个角度，呈现"童年渴望长大"。试着写一首"那时"，想象一下自己长大后的那时，会是什么模样？甚至也可想象，自己有一天长大之后，如果回头忆起童年，会最怀念什么，会遗憾童年没有得到什么。

练习写写看

练习找一小一大两个象征物，来代表自己的童年。比如：从最爱吃的一碗甜汤（小），到卖甜汤的热闹街道（大）。练习从小细节写到大场面，且必须紧扣对童年的怀念。

参考例句：

我的五岁，是一碗甜滋滋的汤圆，

热乎乎，将心都烫得暖、烫得舒坦。

长大后，汤圆还是甜，还是烫，

只是，当时恰到好处的甜，如今成了咒语——腻与发胖。

原来，童年法力高强。

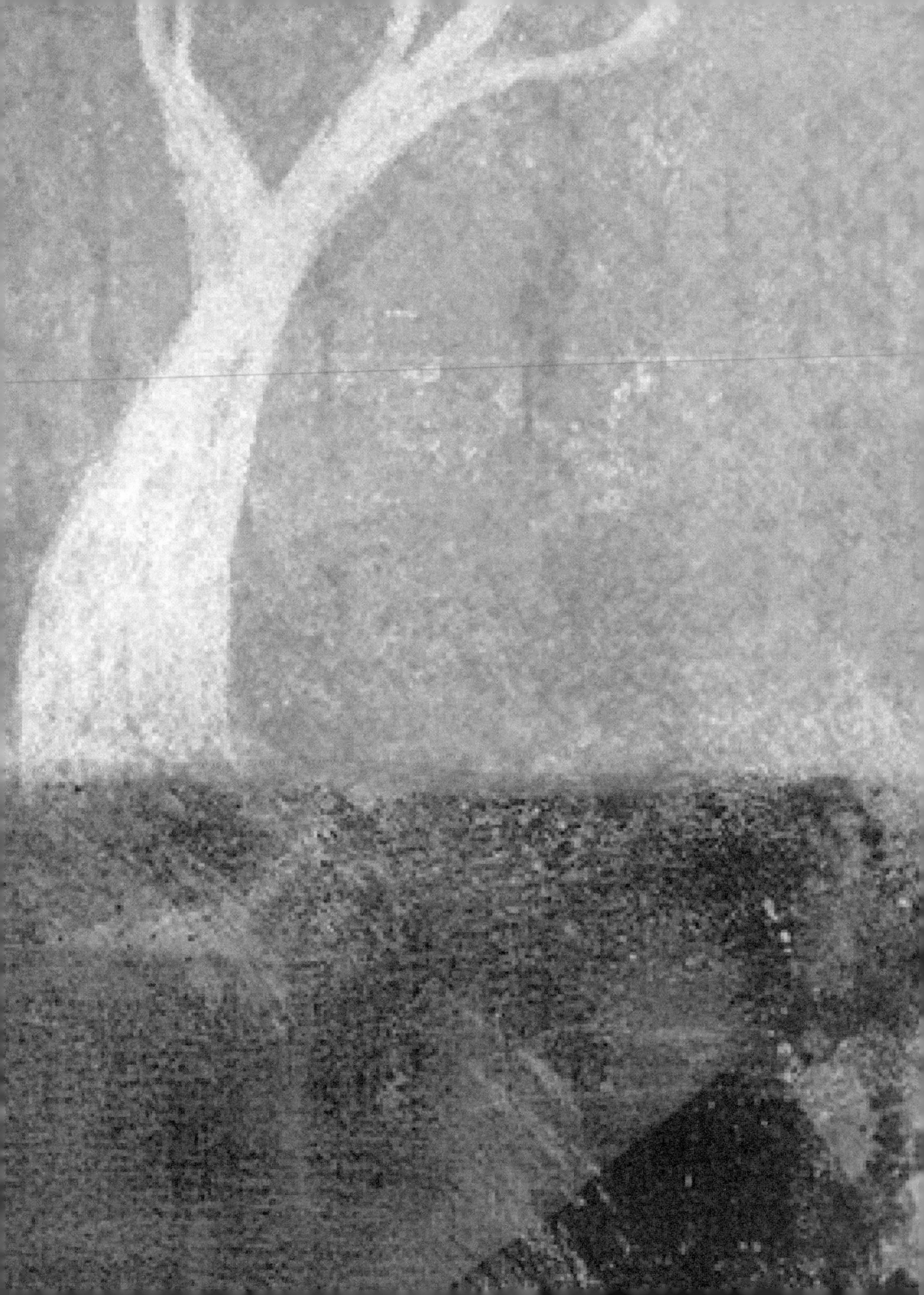

我思考
所以我存在

你要的

你要的是猫咪的喵喵叫，还是小狗的汪汪叫？

你要的是一棵树，还是一片落叶？

你要的是一片海，还是一粒沙？

你要的是一个字，还是一篇故事？

你要的是一个玩笑，还是一滴眼泪？

你要的是一个问题，还是一份答案？

你要的是你自己，还是所有人？

或是你什么都要，也什么都不要？

这首诗
在写什么呢？

　　这首诗的主题是人生的态度，也可以说是价值观。从生活小事到重要大事，人每天都在做选择。选什么，便意味着我们看重什么。

　　选什么可能没有标准答案，更可能是，我们经常在改变自己的选择。昨天喜欢猫咪，说不定今天变成喜欢小狗。这无关对与错，只是证明人心善变，我们必须知道自己有很多可能。

　　本诗中的每一句，都列出两种选项，你应该看得出来，基本上我是以"相反"的两面来陈列。活生生的树，对比已落下的叶子；无边无际的海洋，对比渺小的一粒沙。

　　以提问方式来写，是希望表达出"从思索该选什么到决定选什么"是经过深思熟虑的。经常问问自己，提醒自己多思考，多在不同选项，甚至对立的选项间，想出各种好与不好。

　　一个思想宽阔的人，才不会永远被狭隘的观念绑住手脚。人应该接纳各种美与不美，欣赏人生的各种风景。绿意盎然、充满生机的大树，是一种健康的美；生命已到尽头的叶子，静悄悄落下，化作养分，滋养大地，又是另一种美。

诗句最后的提问，是"要自己，还是所有人"，当然就是"小我与大我"的思考。"什么都要，还是什么都不要"更是终极的人生价值观。再强调一次，选择什么，会因人、因时、因各种理由而异，重要的是，我们预先想过，知道人生就是一连串的改变与可能。

练习写写看

本诗全部以相反的两项陈述，来制造出如"天平的两端"一般的对比效果。你也可以用这种方式，练习写出对比的句子。

参考例句：

你喜欢夏天金色阳光，还是冬季皑皑白雪？

你选择黑色的夜晚，还是光亮的白昼？

都有用

门，是用来出门的。

床，是用来上床的。

脸，是用来洗脸的。

手，是用来牵手的。

路，是用来走路的。

树，是用来种树的。

心，是用来开心的。

家，是用来回家的。

你，是用来抱抱你的。

这首诗
在写什么呢？

　　这首诗乍看像是在玩造句游戏，以创意来玩语文，但核心主题其实是温暖与勇敢前进。

　　所以，门虽然可以造出关门、铁门、锁门、大门等词语，本诗的主题却选择了"开门"。开门，才能走出去，迎向世界，无畏前进。床，代表着累了，可以上床好好休息，又是一种拥抱式的、全然接纳的温暖。

　　依此类推，本诗所选的每个字，所延伸出来的句子，其实都富有象征意义，不是随意造出的词句。读者不妨细想，洗脸、牵手、种树等行为，各代表什么意义。

　　写诗，以创意方式进行，甚至有游戏精神，才能让读者耳目一新。

练习写写看

先找出可以顺利造句的单字，将新造的每个句子组合起来，串成一首主题集中的诗。不要太零乱，一下子讲环保，一下子讲亲情。比如本诗，一开始便设定造的句子都要跟温暖、前进有关。

参考例句：

信，是用来期待收信的。

林，是用来走进森林的。

~~~~~~

~~~~~~

~~~~~~

~~~~~~

白马不是白的

月亮是绿色的，

石头是可以吃的，

椅子是会飞的，

天空是踩在脚下的。

白马不是白的，

黑夜不是黑的。

眼睛不是看的，

嘴巴不是说的。

漂亮是不漂亮的，

简单是不简单的。

我说的都是真的，

你猜的都是对的。

这首诗
在写什么呢？

　　这首诗的主题是想象之美，与善用想象的重要性。

　　想象是人类最可贵的资产之一。地球上，人是唯一有想象能力的生物，所以，该好好发展这份能力。文学，是运用想象的美好成果；诗，更是极尽想象的文学。这首诗，便在鼓励你尽情地想象。

　　在想象中，有没有可能椅子可以飞？当然可以，不论你的理由是什么。有的人说飞机上的椅子就在飞啊，这是事实；也有人说仙女坐的是飞天椅，这是想象。只要你说得出理由，有何不可呢？

　　至于"白马不是白的""简单是不简单的"，这种说法有点哲学意味了。不过，我听过小朋友有妙答：那只是一匹姓白的黑马，所以白马先生是黑的。多有趣的想法！小朋友还说：对美洲豹来说，跳跃很简单，但是对鳄鱼来说，跳跃就不简单了，所以简单是不简单的。

　　只要有想法，就是好想法。所以诗的最后结论是：你猜的都是对的。愿意想，便是好事。

练习写写看

发挥想象力，写出乍看不合理、不合常情，但也许有可能的趣味诗句。

参考例句：

白天是黑漆漆的……

小蚂蚁是巨大的……

开心是不开心的……

~~~~~~

~~~~~~

~~~~~~

~~~~~~

不甜

没有盐，汤不会甜

没有树，空气不会甜

没有鸟儿，森林的耳朵不会甜

没有咖啡，爸爸的脸不会甜

没有音乐，妈妈的笑不会甜

没有休止符，一首歌会太累

没有闭上双眼，心会跑得太远

没有书，我的眼睛空空的，没有滋味

有了诗，世界会有一点苦一点酸一点辣

没有诗，世界会太苦太酸太辣，没有一丝甜

这首诗
在写什么呢？

　　这首诗的主题是不论什么，都需要恰到好处的调味料。此处的调味料，可以是具体的东西，比如汤、茶、咖啡；也可以是抽象的比喻，比如心、诗句。

　　汤中如果完全不加盐，其实不好喝；加入分量刚好的盐，才能展现出食材的鲜美。至于树木制造新鲜氧气，人才有办法从空气中嗅到清甜，精神百倍。鸟语让森林有了生机盎然的感觉；咖啡与音乐，让爸爸妈妈精神一振。所以，整首诗中的甜，只是一种象征，代表那些会带来甘甜的、愉快的感受，并非狭隘地专指糖分的甜味。

　　第一段全部以"没有甲，就没有乙"这种带有双重否定词的句式，负负得正，带出想要的肯定：没有音乐，妈妈的笑不会甜，所以必须有音乐。

　　到了第二段，则是"没有甲，于是得到乙"，用另一种描述手法，看似肯定，但这种肯定以否定为前提，所以反而带有否定的意味：没有闭上双眼让心灵休息一下，心就会像脱缰野马般跑得太远，跑得气喘吁吁，跑得无法静心思考。所以，就像一首歌中必须有休止符般，我们也要时常闭上眼睛，为心灵带来美好的暂歇小憩。

前两段刻意以不同的描述手法让全诗不会太枯燥，语法不会缺乏变化。

最后一段，则以有点哲学意味的方式，表达"人生有一点苦一点酸一点辣，其实比较好，恰到好处的人生百般况味，才能显出苦后的甘甜"的观点。因此，最后一段背后真正的意义是"诗是人生的调味料"。

练习写写看

这首诗以甜来写人生。想想，如果描绘与饮食有关的各种动作感受，比如味道、打嗝、呛到、饱、饿，来比喻生活各种处境，容易让读者感同身受。例如，打针的时候，像喉中吞下一根刺；欣赏抽象画家蒙德里安很有规律的线条画，像是一口一口慢慢吃着冰。请练习将生活事件以吃东西时的感受来比拟。

参考例句：

明天要考试，我的大脑却饿得皮包骨。

放学时，街道的夕阳向我挥手道别，像杯酸中带甜的乌梅汁，也许，它知道我过了酸中带甜的一天。

重要

糖果很重要，巧克力很重要，

咸咸的盐，重不重要？

爸妈很重要，朋友很重要，

但是还有一个人更重要。

眼睛很重要，肚子很重要，

摸摸眼睛，摸摸肚子，还有哪里也重要？

睡觉很重要，醒着很重要，

半梦半醒之间，重不重要呢？

沉默很重要，大声说出想法也很重要，

在说与不说之间，还藏着什么珍宝？

这首诗
在写什么呢？

　　这首诗的主要任务，便是哲学思考：思考我们的人生的优先级。所有的事，一定可以排出先后吗？排出来之后，能不能更改？今天重要的事，会不会明天一点儿都不必在意了？这首诗的概念，与本书另一首诗《你要的》类似。

　　糖果与巧克力都是甜的，那么，不甜的盐，重不重要？开头这一段便在提醒读者：有时性质相反的东西，可能一样重要，不可以因为喜爱甲，便排斥处于对立面的乙。

　　爸妈代表家人，朋友代表其他在生活中与我们相关的人。我们当然会将亲友放在重要的位置，但是，还有一个人更重要，那是谁？

　　眼睛代表看见的世界，在这首诗里，也象征外在的一切。肚子是用来装食物的，吃东西才能填饱肚子。所以，除了关心我们所处的外在世界，以及自己的生活基本需要（温饱），身体还有哪个地方也很重要？可从这个器官所赋予的功能去想。

　　"睡觉"象征不知道发生什么事，"醒着"象征看得一清二楚，所以"半梦半醒"之间，意思是"明白与不明白"

之间，还有什么是重要的呢？

　　这首诗提出许多问题，且都以两个对立的选项来表达。这是希望提醒读者，人生中许多选择没有绝对的是非对错、重要与否，可能会因为时空转变而更改。

练习写写看

　　找出对立的东西，想想在二者之间，有没有存在第三种重要的东西？建议先列出具体的或是微小的东西，再延伸到抽象的、庞大的。

　　参考例句：

　　得到糖果很重要，赠送他人糖果也很重要，在得到与赠与之间……

　　蔚蓝的天很重要，金黄的大地很重要，在天与地之间……

猜一猜

红红的，圆圆的，香香的，但不是苹果。

黄黄的，热热的，亮亮的，但不是灯泡。

白白的，软软的，甜甜的，但不是棉花糖。

黑黑的，细细的，长长的，但不是你的头发。

远远的，小小的，闪着光的，但不是星星。

猜一猜，看一看，

可以有好多答案，也可以明天再想。

这首诗
在写什么呢？

　　这首诗玩的是趣味的想象游戏。每一句都是一道谜题，以叠字制造读起来既轻快又有节奏的感受，还故意先说一个大家可能以为的答案，并否定它，于是，引发读者丰富的联想。

　　所以，这首诗也在引导你练习如何观察、分析、归纳。世界上有许多东西是红红的、圆圆的、香香的，许多人第一个想到的，应该是苹果，但是我希望读者先删掉这个解答，更宽阔地去试想其他可能，这有助于眼界的延伸。

　　至于这首诗的每道谜题有标准答案吗？当然没有。甚至，我还希望大家想一些抽象的"不一定存在的具体东西"。比如：远远的、小小的、闪着光的，可不可以说是"远方妈妈正在想我的心"？

练习写写看

　　以与本诗相同的格式，来出题让别人猜一猜吧。短句不一定限于三个字，也不一定要使用叠字。不过，为了整体性，最好每一句都用类似的句型，但可以在其中一句或最后一句，打破这个规律。

　　参考例句：

　　软软的毛，适合慢慢地摸啊摸啊，会是什么呢？

　　粗糙的纹路，在手中有一点点痛，又是什么呢？

中间

山谷，

在这一座山和那一座山中间。

夜晚，

在这一个太阳和下一个太阳中间。

今天，

在昨天与明天中间。

我，

在爸爸和妈妈中间。

目光，

在前一页与下一页之间。

勇敢，

在上一次跌倒与下一次摔跤之间。

快乐，

又是在什么的中间？

也许在背后，或是在眼前？

这首诗
在写什么呢？

　　这首诗很明显写的是关于"位置、时间、关系"的描述，写夹在某甲与某乙中间的人、事、物。全诗的铺陈，从具体的地理位置开始，依序到时间、人，然后是抽象的感觉。

　　中间是个有趣的位置，它当然是相对的、会改变的。我们也可以改成白天在前一夜与下一夜中间；或是爸爸在工作与家庭中间。根据个人对身边人与事的观察，写下这些生活中的角色所在的处境与心境。

　　诗当然不能只是一直在指出两物中间有什么。依序铺陈展开的诗句，最重要的当然就是该如何收尾。所以，可以在最后一段，跳脱原有的诗句模式、打破框架。因此本诗的最终段，以大家都渴望的快乐为叩问，邀读者想想：生活中的快乐在哪里？快乐会在什么之中，甚至早就有快乐（在自己背后）而不自觉，还是仍在远方等着呢？诗本身不给答案，留下悬念。

练习写写看

可以想想如何从具体的物品、地理位置、人物、事件、感觉中，列举出有哪些关系是密不可分的？最好有个中心概念，比如某个人的生活，或是以庞大浩瀚的宇宙为描述对象。

参考例句：

雨点，在天空与大地中间。

成功，在第一次尝试与无数次尝试中间。

喜欢

在黑色与白色之间，你喜欢
白一点的黑，还是黑一点的白？

在大与小之间，你喜欢
大里面的小，还是小里面的大？

什么事都有两面，

皱着眉头在左边与右边之间选择。

在快乐与不快乐之间，你希望

快乐中带一点不快乐，还是不快乐中带一点快乐？

这首诗
在写什么呢？

　　这首诗相对清晰易懂，主题便是"什么事都有两面"。诗最常被写的，是对人生的领悟、理解。生命中的对与错，如果认真思索，有时真的是"对中亦有错、错中亦有对"，并没有那么绝对。

　　本诗开头以颜色为切入点，只挑黑与白，当然是有其象征意义的：以黑、白暗喻对与错、光明与黑暗。可是，人生不可能全黑或全白，总是多元的、有多种可能的。没有一个人绝对完美或绝对万恶不赦，这都是相对的。白中有黑，黑中有白，不如想想，我们比较喜欢或者希望是什么？

　　接下来的大与小、快乐与不快乐，都是将一件事的两个极端放在一起，思考两面之间，我们要的是什么？或是我们遇到的、面临的是哪种状况？

　　有些工作，虽然做起来不快乐，但是过程中偶尔有乐趣；或是过程虽然不快乐，但是结局是快乐的。快乐中带一点不快乐，还是不快乐中带一点快乐，到底哪种比较常见？

　　读完这首诗，也可借此思考，平时我们是否太迅速就将一切事"论断"，用简单的二分法来评论是是非非？

练习写写看

先列出可以写的两个相反极端，或只是两种不同之物，比如苹果与橘子、文学与科学、甜美与苦涩、快与慢、圆与尖、善与恶、光与暗等，再将它们依自己决定的顺序，从具体物写到抽象的感觉。

参考例句：

你喜欢一是一、二是二，还是一不一定一、二不一定二？

你喜欢晴空里的一朵小雨点，还是满天雨珠中一个干干的口袋？

我懂了

在红色面前，黄色有点害羞，
　它觉得自己少了点什么。
在白色面前，黑色有点害羞，
　它觉得自己多了点什么。

在瀑布面前，小溪有点害羞，
　它觉得自己少了点什么。
在沙滩面前，大海有点害羞，
　它觉得自己多了点什么。

在云朵面前，小草有点害羞，

它觉得自己比不上云朵的自由。

在小草面前，云朵有点害羞，

它知道自己一段时间后，什么也没有。

黄色懂了，小溪懂了，小草也懂了。

我可能也懂了。

这首诗
在写什么呢？

　　这首诗的主题是"不必与别人做无谓的比较"。天生我材有没有用，到头来还是取决于自己是否用心耕耘。不努力，只怨叹自己比别人少了点或多了点，是毫无用处的。

　　全诗以两物一组来对照相比。对黄色而言，红色比它的饱和度更高。对沉重的黑色而言，白色看起来清爽轻盈。

　　小溪觉得自己不如瀑布快意奔腾，大海又觉得自己不如沙滩可亲可近。将万物拟人化，对比出彼此之间各有所长、各有所短，正意味着如果每个人也这样比来比去，将不可能对自己完全满意。

　　接着，作者更进一步，让小草与云朵明白对方与自己的优点与缺点。小草无法有云朵的自由，却保有自己站立在真实大地的存在感。而云朵可能一下子便随风飘散、了无痕迹，无法像小草一样长时间地存在，却能东飘西荡，仿佛长了脚般自由走动。

　　最后一句的"我可能也懂了"，表示我虽知道万物各有优劣，但可能下一瞬间又忍不住想与别人比较。"可能"二字，意在提醒自己：人生永远是需要磨炼的长期课题。

练习写写看

两两一组来做比较，且两者必须类型相同，比如大人与小孩、夏天与冬天、白天与黑夜、蚂蚁与大象、瘦小与高壮。

最后一句，可加入自己的结论，比如：你认为万物天生不平等，还是平等？

参考例句：

"开始"觉得自己很渺小，因为一旦开始，之后就再也没有它的戏份，不如"结尾"，会留给众人回味。

"结尾"觉得自己很渺小，不如"开始"，因为所有的剧情，都是先有"开始"才有后来的"结尾"。

存在

吃下去就不存在的是饥饿

喝下去就不存在的是口渴

起风了就不存在的是炎热

张开眼就不存在的是暗黢

人来了就不存在的是寂寞

继续走就不存在的是荒谬

说出来就不存在的是沉默

想起来就不存在的是困惑

写下来就不存在的是错过

不要错过　不想错过

写着写着　真实活过

这首诗
在写什么呢？

　　这首诗虽然每一句都出现"不存在"，但其实真正的主题是"存在"，是以否定的方式来陈述肯定。

　　仔细想：吃（食物）下去就饱了，所以饥饿便不存在，因而这句话真正重要的是没说出来的"要吃（食物）下去才会饱"。之后的每一句都类似。

　　又如"说出来就不存在的是沉默"这一句，重要的便是提醒我们"说出来"。把心中的抗议说出来，把无比的感谢也说出来。能勇敢表达，才是真正的勇士。千万别紧闭着嘴，假装什么事都没意见。

　　将"写出来就不存在的是错过"放在最后，是为了凸显书写、记录的重要。历史上重要的事，如果没被写下，成为千古传承的记录，便灰飞烟灭，后人会错过其曾有的光辉。

练习写写看

　　试着以本诗示范的"否定法"来写肯定，将想说的话列出来，再以它的相反面去写，方法是"甲＝否定甲的反面"。

参考例句：

睡着了便不存在的是疲累，

回家了便不存在的是思乡。

跳过

晴空下飘着一朵乌云，跳过；

玫瑰上有只苍蝇，跳过；

蝴蝶在一片碧绿上跌倒了，跳过。

赶不上最后一碗红豆汤，跳过；

昂首的风筝忽然跌进树丛，跳过。

你急得像热锅上的蚂蚁，

但蚂蚁说它根本不急，跳过跳过。

唱错一节音符，跳过；

写歪了一行字，跳过；

有人说这一切都不对，跳过，跳过。

我跳过发臭的水沟，

我跳过你的摇头，

我不累，我一直跳着，

下一步要跳到无人能给的快乐。

这首诗
在写什么呢？

　　这首诗的主题是"莫执着于一时的不如意"。生命中哪可能万事如意？总会有挫折时、沮丧时。该以何种心态面对，才是重点。

　　前三段写出各种不同的挫败或扫兴时刻。高雅玫瑰上飞来绕去的苍蝇，光想着这画面就觉得很煞风景，在诗的技巧中，这就是营造出一种令人不愉快的"意象"。

　　蝴蝶在碧绿草原自在翩舞，本来有怡然快意的效果，然而蝴蝶竟然啪一声掉落，令人错愕与不忍。

　　或是你对热锅上的蚂蚁感同身受，觉得它应该十分心急，蚂蚁却否定了你的想法。有点像是你对人致以同情，对方却根本不领情。

　　面对生活中这些灰暗的点滴，要跳过。本诗使用"跳过"作为摆脱不愉快的动作，意思是要用点力气一跃而过，跳过这些打击，而非沉沦在生命中险恶的旋涡。跳跃的动作，比较有一鼓作气的勇敢力道。

练习写写看

　　想想自己是否曾遇到过什么挫折？可以练习以比喻的方式或象征手法来描述。尽量不直白说出事件本身，或虽然陈述事件，但将动词变换一下，甚至可以直接将名词作为动词或形容词使用。

　　举例来说："某日天色昏暗，我的直排轮一点都不'直排轮'。""天色昏暗"是象征那天的心情不佳，直排轮溜不出该有的水平。

　　再想一个面对这些挫折时你认为最好的行动。"飞过"还是"踢开"？或直接使用"跳过"亦可。

　　参考例句：

　　崭新白衣上，被"小楷"了，跳过。

　　干爽发丝上，被"倾盆"了，跳过。

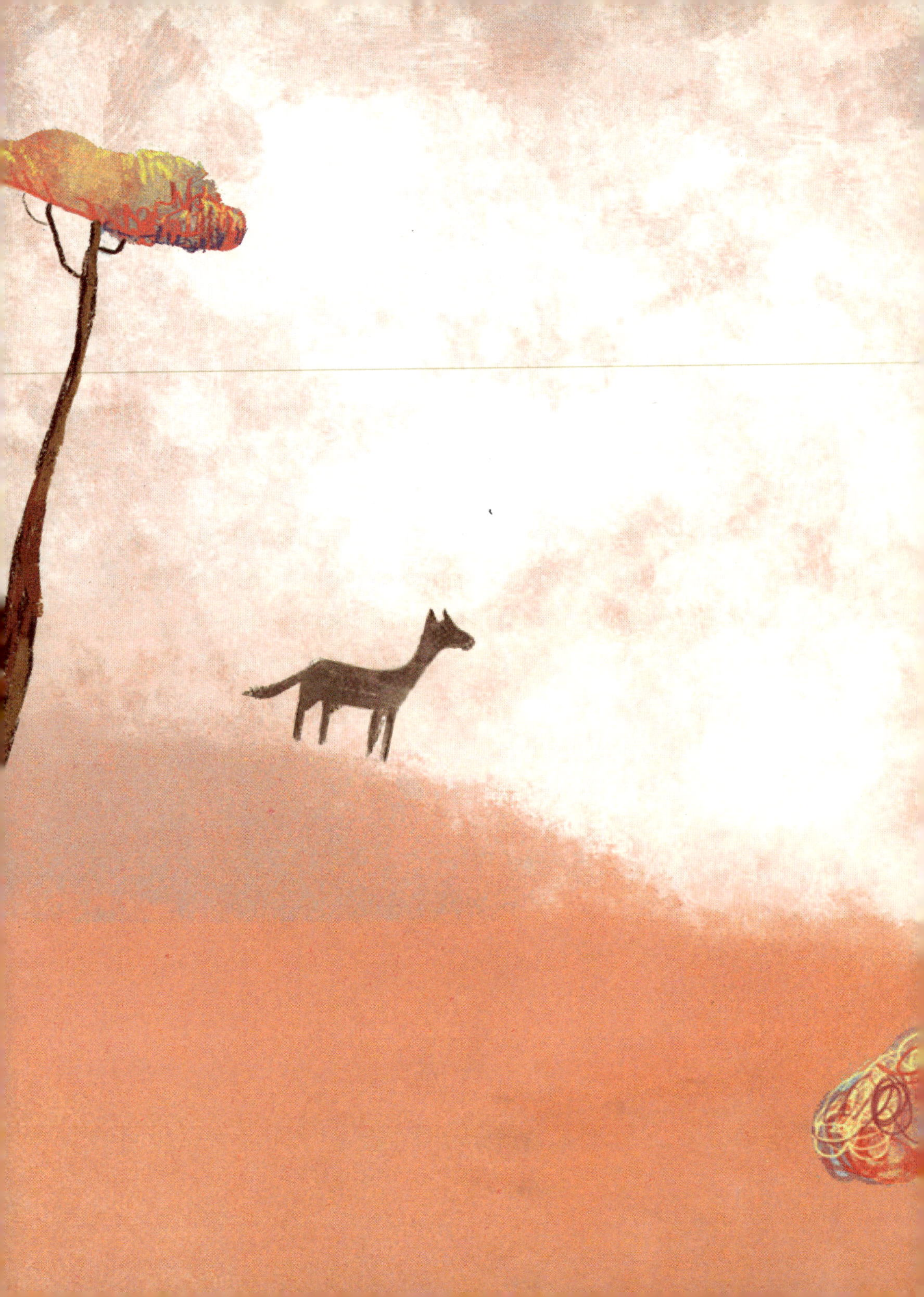

我为什么写诗

我为什么写诗

我想写苹果在鼻尖的香气，

我想写窗前一只猫走过去，

我想写关于一朵云，或一阵风。

或是忽然想起，想起，

想起你对我说：你不会忘记。

桥底下，流水轻声说着谜语。

远远的山上，有人在庆祝，还是在叹息？

火车载着谁去找谁，还是带去一盒子的回忆？

电话响了五声就停，有什么秘密？

什么是美，什么是除了美之外？

什么又是该与不该？

我看见一切，我想写下这一些。

写下的诗，让屋里的烛光不会灭。

这首诗
在写什么呢？

　　这首诗从题目看似乎是在写写诗的理由，但如果从广义来说，也在阐述文学、艺术的意义。

　　诗到底有什么用呢？不如先想想，人除了吃饱穿暖，还需要什么？

　　以实用而言，诗，乍看好像不能当饭吃，不过，曾有人说过："诗不是面包，但能让面包吃起来更香。"意思是除了实用之外，我们也需要能给精神、感情带来支持的东西，如本首诗一开头说的"苹果的香气"。香气本身并不实用，可却有助于提升好情绪。文学、艺术，都具备这种效果。

　　因此，诗中"我想写"的，其实都是某种心情、某种感觉。像是看到窗前有猫走过去，可能会引发想象：它的脚步好轻。或是流水声，像是有人在说些什么。

　　为什么写诗，每个人都有不同理由。有的人是因为快乐而写，有的人是因为悲伤而写，总之都与心情有关。

　　但是整首诗如果只是列出一堆写诗的原因，未免无趣。所以最后一段，给了写诗一个有点哲学意味的结论：把看到的事物、对人生的体察与省思，写下来，它们便永远发光发亮（烛光不灭）。这光亮被看见，被记住了——至少自己记住了。

练习写写看

　　列出生活中会让自己心情激动或深有感触的时刻。这些感动与深思，便是写诗的好理由。可以从具体小事开始写，想想生活中哪些小片段让你觉得：好美好动人啊，甚至好心疼好可怜啊。

　　参考例句：

　　诗就是今天出门，被一朵花打在脸颊；

　　诗就是月儿圆，却忽然被一朵云切开。

很久以后

很久很久以后，哪颗球还被拍着？哪一双眼，还被另

一双眼温柔望着？

哪栋大楼还挺立着？哪棵榕树还抚着长长胡子笑着？

很久很久以后，鸟还在飞吗？鱼还在水里吗？

孩子的孩子，吃饱后睡在哪里？

很久很久以后，有谁还踩着舞步？有谁还对着月光讨
论心碎的缘故？

有谁记得传诵千年的记得？有谁舍不得失去的获得？

很久以后，星辰可能仍是星辰，天空可能还在天边，
你和我，已经消失不见。

写下这首诗，我就出现。

这首诗
在写什么呢？

这首诗写的是"书写最能接近永恒"，时光流逝，斗转星移，写下的记录，却更有机会得以流传。

既然谈的是时间，本诗的内容，便将皆与时光相关的事物，依时间从短到长的顺序呈现，结构上也采取具体到抽象的铺陈。

第一句中被拍着的球，带出一种规律的、但也越来越弱的拍球声，营造出"时间心脏"的跳动感。

接着是寿命不长的人类、曾深情对望的眼眸，在时间洪流中也只是短暂一瞬。

对高楼、老树、不知是否会再演化为不同形态的鱼与鸟等众生物的几句描述，在时间上已延伸至数百年甚至数万年后。那么孩子的孩子、未来的人类，又会如何呢？

这首诗从存在与消失说起，接着论及人的情感，作者顺势发问：将来的人类还会有情绪，会快乐起舞或对着月亮圆缺感伤吗？

最后，作者给出了答案：总有一天，现在的你与我都会烟消云散，但是我写下的这首诗，一直被传诵下去……当它被读着时，写诗的我，便出现了。

练习写写看

列出可以用来描述时光流逝、想象未来的元素，依自定的规律安排顺序。例如从短暂的"十年以后"到长远的"万年以后"。

想出一个你认为可以超越这些时间、最接近永恒的东西或事件，作为诗的结尾。

参考例句：

很久以后，春夏秋冬还是春夏秋冬吗？

很久以后，击鼓是为了欢颂诞生还是哀恸逝去？

只有我一个人

我希望这世界只有我一个人

每一棵大树是我的

每一次日出是我的

每一场大雨也都是我的

我希望走在没有人的路上

哼着只有我听懂的歌

就算没有人懂又有什么关系

这个世界只有我一个人

然后我可以闭上嘴

不需要对任何人说话

整天躺在静悄悄的地面

不需要工作，不会觉得对不起谁

这个世界只有我一个人

我对不起的只有自己

但是，我还希望有另一个人

这样才有人听我说：我希望这世界只有我一个人

这首诗
在写什么呢？

　　这首诗在写人心中的矛盾。我们常希望自己自由自在，不必被其他人管，也不必有许多该尽的义务。每一棵大树是我的，每一次日出是我的，从具体的物件（大树），到自然现象（日出），都属于我一个人，这该有多快意、多伟大！可这样真的好吗？

　　第一段写出拥有一切的快乐，第二段则写不必理会其他外在干扰的快活。在表现手法上，这样写比较有层次：快乐不仅是拥有一切，还必须不管一切。如果只是一直写自己拥有这个、那个，在手法上会太单调乏味。

　　但是，只剩自己一人，真的是最大胜利吗？孤独虽然代表唯一的我，但也代表寂寞。如果没有观众的掌声，台上的任何胜利总是有点空虚吧。所以，最后两句来了个大转折：希望还有一个人，听自己快活地诉说这种胜利。作者制造矛盾的效果，便是希望读者深思的地方。

练习写写看

　　一个人的时候，你有什么感觉？是平静，还是寂寞？练习写写只有自己一个人的时候，能做什么？得到什么？又失去什么？

　　参考例句：

　　我想要一个人静静……

　　我不想一个人静静……

　　一个人在路上，很……

　　我喜欢自己一个人……

　　我不喜欢自己一个人……

还有呢

园中蝴蝶是美丽的，以及林中翠鸟、没有

被摘下的玫瑰，

还有呢？

蹦跳的白兔是可爱的，以及猫儿打呵欠、

小狗转圈圈，

还有呢？

阳光烫过的被子是软绵绵的，以及婴儿的脸、

看故事书流下的眼泪，

还有呢？

每一片雪花都是有故事的，以及黄昏时的笛

声、屋檐下风铃叮当了几声，

还有呢？

额前的一绺发丝，想追着风走，发丝啊，你也

有故事要说吗？

这首诗
在写什么呢？

　　这首诗的主题是对世间万物的多情。如果心是柔软的、有情感的，看待世间的万物便能生出各种感觉。有感觉，才能创作抒情诗句。

　　有没有注意到第一段的蝴蝶、鸟、玫瑰，都是自由活动、充满生机的；在诗人眼中，自由的灵魂才是美丽的。若是沦为标本，再美丽的形象也没有用。第二段中的白兔、小猫与小狗，也是同样道理。动物们能自在地做出各种动作，才是最可爱的。

　　而什么是柔软的？晒过太阳的棉被与婴儿的脸，是具体的东西，本身质地有其柔软性；至于因为书中的感伤而难过掉泪，则属于抽象的感觉，这种感同身受而落泪的情意，也是柔软的。所以，写感觉，可以针对具体的东西来写，也可以描述抽象的情意。

　　前三段分别写美丽、可爱、柔软的特征，第四段改变写作方向——写故事：若是有情之眼，就算是一片雪花、远方笛声、风铃响，也都可以延伸出动人故事。因为有故事，原本没什么特别的自然万物，也产生了特别的意义。

于是，在想象中，额前的一绺头发，好像也想追着风跑，是赶赴约会，还是想去散个步？

运用想象力，是写诗的不二法则。没有标准答案与规则，就算面对呆板的一颗石头，只要想象，也能赋予它特别的故事。

练习写写看

以美丽、可爱或其他形容词，比如美味、甜蜜、温暖，当作描写主轴，找出你觉得符合这些属性的东西、事情、动作。记得不要只写具体的东西，也练习写写抽象的。

参考例句：

有人问我什么是甜蜜？

我想是这些吧：巧克力、微笑与功课写完了。

其实

我不想写小兔子与乌龟

我不想写花朵儿与蝴蝶

我不想写风儿风儿轻轻吹

其实

一点点深奥也无所谓

一点点不懂，却又好像一点点懂

我不想写天气真好啊太阳早

我不想写小狗追着尾巴跑

其实

有些时候我只想皱着眉

想着我为什么皱着眉

石头与石头之间的缝隙

有的大，有的小

我的心，有时候也有缝隙

有的大，有的小

其实

我想写的就是这一些缝隙

用来填满我自己

这首诗
在写什么呢？

　　这首诗的主题是：诗有时是朦胧的、说不清的。其实真的有一种诗的派别，就叫作"朦胧派"，这个派别的诗人主张："谁说诗一定要写得让人家看得懂？"就像有些画家的抽象画一般，对读者来说，读懂并不是最重要的，重要的是，能不能在诗中得到乐趣。读不懂，想破头，说来也是一种乐趣啊！

　　有的时候，我们真会有一种说不上来的情绪，不知道该如何明确描述，其实也不必明确描述。正如放假时，晨间小赖床，不必急忙起身穿衣上学。躺着，什么也不想，可是脑子里却有千万种念头在转。真要说，又说不上来在想些什么。

　　曾有人这样描述诗："诗人对自己说话，却被世界偷听了去。"这便是在表达"诗，不必对世人交代清楚，说给自己听即可"。把当下想的写下来，然后，或许忘了，或许刻骨铭心地记着，都好。

　　所以也不必弄清本首诗的逻辑，"一点点不懂，却又好像一点点懂"，我们在懂与不懂之间，逐渐长大，越来越不想把心事全说给全世界知道。因为，有些时候，有些话，只是说给自己听，用来填补自己而已。

练习写写看

这一次，试着抛开主题，练习写心情吧。

仿照本诗，先从"不想写"什么开始，想想你常读到的童诗，多数是写什么？可用来当作"不写"的对象。本诗是以"石头与石头之间的缝隙"，比喻心中不明的、朦胧的情绪，你可以再想出另一种比喻来描述这种情绪。最后一句的"用来填满我自己"，请用别的动词将"填满"替换掉。

参考例句：

我不想写小老鼠上灯台，不想写可怜啊下不来。

其实，有些时候，我不懂我到底该想什么。

诗人的一天

7:00　一只荷包蛋对着我微笑

9:00　围墙上一只猫在思考

10:00　老师的唇边飞出三只蝴蝶

14:00　一道彩虹出现在笔记本右上角

16:00　桑树枝丫末梢，五只蚕正在喝下午茶

18:00　窗外的鸟儿飞远后，留下一声轻叹

20:00　我拿着杯子，敲醒月光

这首诗
在写什么呢？

　　如果你带着充满感情的眼睛细看生活，生活可能就会化为一首诗来回报你。所以这首诗的主题便是：抒情看人生。

　　想想一天当中，吃早餐、上学路上看见一只猫、老师讲课……这些都是再平凡不过的。可是，如果试着以诗人的多情多感，以不一样的角度去发现平凡中的美，往往能为这些平凡重新注入新生命、新意义。

　　比如：早餐桌上的荷包蛋，可能是妈妈早起辛苦煎出来的，或是早餐店的店员牺牲睡眠，勤奋地为顾客努力煎得香喷喷的。当以感谢之情看待别人为我们的付出，便会觉得这是一个微笑的荷包蛋，不是皱眉的，也不是烦恼的。

　　老师殷勤讲课，是希望学生能有收获，得到新知识，吐出的一言一语、一字一句，仿佛是美丽蝴蝶，为学生营造出多彩多姿的世界。

　　把一天当中每个时辰会做的寻常小事，以诗情画意的眼光再度描绘。这样的一天，就是诗人的一天。

练习写写看

　　想想自己一天当中会做的事，选择几件写下，并练习将它们转化一下，让平凡变得充满诗意。最简单的方法是：将事物拟人化，想象它们是人，做着像抒情诗人等有趣的人会做的动作。

　　参考例句：

　　上午七点，闹钟决定不再忍耐我的呼噜声，高声呐喊：停！停！停！

〰〰〰〰〰〰〰〰〰〰〰〰〰〰〰〰〰〰〰〰〰〰〰〰〰〰〰

〰〰〰〰〰〰〰〰〰〰〰〰〰〰〰〰〰〰〰〰〰〰〰〰〰〰〰

〰〰〰〰〰〰〰〰〰〰〰〰〰〰〰〰〰〰〰〰〰〰〰〰〰〰〰

〰〰〰〰〰〰〰〰〰〰〰〰〰〰〰〰〰〰〰〰〰〰〰〰〰〰〰

颁奖

我能一口气找到一百种光

黄昏里萤火虫微微的光、火车冲出山洞的第一道光

好朋友眼里的光

和爸爸去钓鱼时溪里翻飞着的光

我把它们装进一首歌，藏在心里

每当我唱起这首歌

无数的光点从我口中飞出，歌声是金色的

我爱上一百朵茉莉

每一朵都为他们取了名字

洁白茉莉、粉白茉莉、云朵白茉莉、浪花白茉莉……

每当我呼唤这些名字

无数的茉莉香

便坐在空气秋千上荡啊荡

我捕获了一百种香气

清晨的烤面包、夜晚的炖鸡汤、奶奶家的野姜花

收在抽屉底层没写名字的信

这些香气

被我装在通往左心室的密洞里

可以随时取出来

驱除莫名的忧郁

一定还有更多的亮与香

更多的甜与光

在不远之处等我

等着颁奖给我

给我更多美的奖赏

这首诗
在写什么呢？

这首诗写的是"用心发现美"。生活的点滴、日常的缝隙，只要认真欣赏，加上自己的美好想象，便能处处遇见美。

第一段写的是生活中的光亮，光亮是美好、良善、阳光的象征。

第二段提醒我们该为平凡生活注入想象力与浪漫情怀，可以为随处可见的花儿命名。而一旦我们这么做，平凡的花再也不平凡了，因为它拥有一个独特的名字。

第三段的香气，从实质的气味写到未具名的信，也许是表白的信，散发着神秘的香气，会是谁偷偷地喜欢自己呢？

最后一段则是再度提醒自己（其实就是说给读者听），想要得到生活中更多真善美的奖赏，十分简单，只需要专心听与看，感受日子里的细节，便能随时都有颁奖典礼，得到愉悦的心情。

练习写写看

　　静下心想想，生活中有哪些你觉得美好的事物？可从五感去发想：看到、听到、闻到、吃到、摸到（触碰到）了什么？将这些令你愉悦的东西分类，依自定的逻辑分段书写。

参考例句：

我喜欢这一刻：日出、雨停、风铃忽然奏了几声叮叮。

我爱上这一秒：小猫伸懒腰、停电之后电又来了、刨冰上炼乳蜿蜒流下。

上课

城市的楼房说：我长这么高，可以上天文学吧，

或报名星座课。

流经大城小镇的河水说：我需要加强记忆课。经

过的那些瞬间，我全不记得。

站了数万年的山说：人间电影怎么情节都雷同？

老师，我想上人性分析课。

山下的小石头说：我该读心理学，从巨大到渺

小，我无法适应。

孩子想上快一点长大课。

大人想上回到童年课。

诗人说：别叫我上课。

昨夜绽放的昙花说……它来不及说。

那么，教学的老师们，自己最想上的，

会不会是"下课"？

这首诗
在写什么呢？

　　这首诗的主题是"人各有所需"。虽然诗的前半部分主角是楼房、河水、山石，但拟人化地写它们想上的课、想学的内容，其实是以物喻人。

　　成为一名诗人最重要的是必须有"感时花溅泪，恨别鸟惊心"的能力。花与鸟，怎么可能会为了人类的离别或伤感流泪心碎呢？可是在诗人眼中，自己难过，万物也跟着难过。将这样的心境写出来，这就是诗的原始起点。

　　诗，写的便是心中的真切感受，可能借着山水花鸟之口道出，也可以借风火云雨的呼啸来表达。

　　高楼大厦离天空那么近，上天文学或星座课理所当然。第一句根据楼房所处环境，为它设计适合的课程。

　　河水川流不息，所经之处都是转瞬即逝的更替，还来不及记住，便已成过去，所以它需要的是如何加强记忆。

　　山站立得那么久，历经多少朝代更替，它像是冷眼旁观者，一定讶异于人类怎么"分分合合"地不断上演着战争与和平吧。所以，它会需要修一门人性分析课。

　　大人与小孩，当然渴望也各有不同。儿童渴望着长大成人的权威，成人眷念着童年无忧虑的纯真。

　　诗人往往是一群不按常理出牌的超越者，所以想必诗人不可能乖巧地上课、聆听别人教学吧。

从高山、河流到人类，本诗采用的是由大写到小的顺序。小到只有一晚寿命的昙花，还来不及说出自己渴望或需要上什么课，就消失了，和前面几句形成对比。

然而如果整首诗只在写谁想上什么课，未免枯燥，所以最后大反转，讨论起负责上课的老师。老师自己要不要上课？如果要，该上什么？

练习写写看

试着从大到小，或反过来先写小再写大，例如从小蚂蚁想上什么课到宇宙想上什么课。最后一句，再想想老师自己想学什么。同时也想想，谁能当你诗句中那些课程的老师？

参考例句：

枕头说，我收集了太多莫名其妙的梦，需要学学梦的翻译。

尾巴说，我想上一堂"不必强出头"的心灵课。

躲雨

全世界都在下雨

我在一本书里躲雨

天空很脏

地面很暗

我的手心很干净

小心地翻开第二页读第一行

第二页第一行

我读着全世界都在下雨

我在一本书里躲雨

道路积水

街上行人皱着眉

只有我的手心很干净

小心地翻开第三页读第二行

第三页第二行

我读着全世界都在下雨

我在一本书里躲雨

我在一本书里邀请你

进来躲雨

这首诗
在写什么呢？

这首诗的主题是"阅读之必要"。书，自然该被珍视，但更重要的，是必须打开它、阅读它。

本诗中的躲雨，是一种象征。这里的雨，并非真正的雨，指的是真实世界中令人不愉快的那些事，谁都不喜欢被污浊的雨水淋得满身。

为什么知道雨水是污浊的？因为诗中写道：天空很脏；意味着雨水已遭污染，或者说原本清净的世事、万物，遭人为污染，也让我们不再洁净无邪。

然而只要走进书中并且阅读，手心便是干净的。因为心清静了，不再为外界的纷纷扰扰、外界的污浊与不快而心烦意乱。

本诗也示范如何运用重复句型，制造诗的节奏感。但是重复，并非每段都一模一样。请看本诗，加入类似"回文"的手法，不但每一段的最后一句包含下一段的第一句，也让第一段的第一句出现在第二段与第三段的第二句，读起来在重复中亦有变化。

至于从"第二页第一行"到"第三页第二行"，不但有一种阅读进行时的动态，也产生一种画面感，让读者仿佛正读到一行行的文字，走在一排排字词铺成的平坦干净的道路上。

当觉得全世界都在下雨时，走进干净的书中，不是逃避，而是感激世上仍有一本本好书、一处处桃花源，欢迎所有人进入歇息，静心养性。因此，诗末的邀请，是诗人大方地分享阅读之美。每本书皆敞开大门，随时为所有人阻绝世上的烦躁与不安。正如本书也一样。

练习写写看

本诗以"走进书中躲雨"，来比喻阅读之必要。请你也找出一种具体比喻，用以象征读书的益处，例如一帖药方、寒风中的暖房、氧气罩。如果能运用"回文"，效果更好。

参考例句：

气温不断下降的世界，我在一本诗集中取暖，李白端给我一杯满满的月光。

童诗教学
入门十问

① 诗是什么？与其他的文体，比如散文、故事、小说相比，诗有什么不同？

诗与其他文体最大不同，在于必须使用精简的文字、常运用比喻而不直说，并且会营造意象，激发读者产生某种情感，朗诵起来有节奏感、韵律感。

此外，诗更强调创意，因此许多诗人喜爱冒险，热衷于写出充满奇妙想象力、仿佛与读者玩游戏般、让人眼前一亮的独特形式或句子。

教孩子写诗时，可以先举例说明"什么不是诗，什么才是诗"，让孩子对诗歌先有概念。

例一："一只鸟在树上唱歌"是"现实的描写"，不是诗。但如果将其中的元素，如角色、动作、背景、单位，进行如下修改，便有了诗味。

（1）一只春天在树上唱歌→将鸟改为春天，且故意将量词保留为"只"。

（2）一只鸟儿在梦的翅膀上歌唱→地点改为抽象的"梦的翅膀"。

（3）一只鸟儿在树上呼唤着去年的舞伴→将单纯的唱歌，加入拟人化的、具有情节性的"呼唤着去年的舞伴"。

（4）一只鸟儿在树上歌唱，歌词与去年夏日的炎热有关，开头是一阵风从南方微笑走来。→原来的句子，接上诗意的描述。

当代诗人罗门主张："诗，绝非第一层次现实的复写，必须通过联想力，导入潜在的经验世界，予以观照、交感，再转化为内心中第二层次的现实。"如果只写出第一层次的现实，没有加入内心第二层次的情感，便无诗意。

例二："笔，是用来写字的"，仅写出笔在现实世界中的主要功能，没有自己的情感转化，所以不是诗。

但如果改成：

（1）笔，是用来表演哭与笑的→改变动词，将"写"改为"表演"，且以哭与笑代表情感，说明笔写的是内心的情感。如此一来，平凡的"用笔写字"便有了诗味。

（2）笔，是用来写"我的使用手册"的→我的使用手册，是用来展示"我是谁""我该怎么做"等关于自己的一切。所以，这一句的用意，在表达笔（书写工具）最重要的用途——深度了解自己的核心价值。

（3）笔，是用来对抗橡皮擦的→这句加入第二个角色，用来对比彼此相反的功能，也就是存在的价值与意义。橡皮擦可以擦掉写错的字，但最后笔还是得重新写出正确的字。

简言之，诗的特点为：

（1）文字精简不啰唆（除非它是故意要表现冗长啰唆的感觉）。

（2）善用比喻与营造意象，以表达情感。

（3）注重语感（读起来的感觉），尤其是节奏感。

（4）富有想象力与游戏精神。

② 诗的字数一定要很少吗？

比起动辄数万字的小说，至少百字、千字的故事，诗通常字数比较少，甚至少到全诗只有一个字，例如曾任教于哈佛大学的学者、诗人周策纵写的《清明》，整首诗只有一个字"露"（雨中之路，很有清明时节雨纷纷的感觉）。或是当代诗人北岛写的《生活》，也只有一个字"网"，意思是人生充满各种网络关系。

然而，没有规定诗不能写得很长。古印度的史诗《摩诃婆罗多》被称为古代文明世界中最长的一部史诗，全长约二十万行。古希腊的史诗《奥德赛》也长达一万两千一百一十行。中国汉代乐府民歌中的叙事长诗《孔雀东南飞》有三百五十七句。现代诗中，也有的诗集整本只有一首长诗。

孩子初写童诗，字数不必多，但也没有规定不可以多，让创作者自行发挥，只要能充分表达想要阐述的意象即可。

③ 诗一定要分行写吗？

答案是：不一定。

不过诗分行写，是有其理由的。比如：

（1）为了读起来更铿锵有力。比起一口气读完连续的句子，分行读，较能体现起伏、轻重、快慢的变化。

例如当代诗人杨唤的诗《我是忙碌的》前两行：

我是忙碌的。

我是忙碌的。

我忙于摇醒火把，

我忙于雕塑自己，

…………

重复的句子与语词，分行断句地读，听起来层次更丰富。如果未分行，一口气连着读，感觉像粘在一起、糊成一团，如何能表现"我是忙碌的"？

（2）借着分行，使意思有所区分，不易造成混淆，可能上一行是肯定，下一行是否定。例如当代诗人罗门的诗《窗》前三行是：

猛力一推　双手如流

总是千山万水

总是回不来的眼睛

第二、三行的两个"总是"，意思与赋予的情感其实不大一样，前一个"总是"是针对千山万水的"永远都是赏不完的人间景致"的描述，后一个"总是"则在下一行造成略加停顿、有所喟叹的效果，感叹着"看尽人间风景之后，有些思绪回不来、与之前大不相同了"。

（3）为了加强语气或制造特殊效果（刻意给人很突然的惊奇感）：在一行行重复中，语气越来越强，或是表现出相反的力道，或是故意在不寻常的地方断句。

（4）制造因为分行而产生的视觉效果。比如图像诗，或是前一行字数与后一行字数故意有不同，用以表现诗歌主题。

其实现今，写诗的规则已不再一成不变，有小说诗、散文诗等，没有规定诗究竟该不该严格地分行，需不需要分行还是取决于主题和表现手法。

④ 诗要加标点符号吗？

答案是：不一定。应该说，现代诗真的没有太多"绝对规则"，诗人想采用什么形式，必定跟他要表达的内涵有关。诗应该是最自由不拘的文体，就连唐代诗人李白，都喜欢故意打破当时惯用的写诗格式，自成一格。

要不要加标点符号，要考虑的是"为了什么功能"。如果加标点符号，只是为了表示一句话的中断、结束，其实分行便有此功能。但是破折号或省略号，甚至问号，如果能造成诗的特殊意涵，诗人便会加以运用。当代诗人廖伟棠有首《一个疲惫者的四首颂歌》中标点符号的用法，便可以说明。诗中的第一首《地铁颂》最后的诗句是：

我是。

一个句号。未被消化掉

有没有发现，标点符号在此诗中，不仅仅是句末使用的功能而已（最后一句反而没有句号），而是句号本身便有意义，像是展示给读者："我就是个生活中的句号，结束了，没用了，但还具体、疲惫地摊在日子里。"

⑤ 诗一定要押韵吗？

押韵，指的是在作诗词曲赋时，在句末使用相同韵母的字。例如唐代古诗《答人》："偶来松树下，高枕石头眠。山中无历日，寒尽不知年。"其中"眠、年"韵脚相同。至于童诗要不要押韵，答案是：不一定。

因为现代诗已经不再讲究韵脚，不似古诗，押韵有其严格规定。但如果需要让读者在字句朗读中，产生"有押韵念起来更好听"的感受，形成音律之美，有些诗人便会苦思，让它押出语音铿然的韵脚。唐代的卢延让曾写："吟安一个字，捻断数茎须。"诗人写诗时为了找到一个最恰到好处的字，尤其还要押对韵脚，的确会绞尽脑汁，把胡子摸来摸去直至捻断呢。

知名歌手周杰伦的歌曲，多数由方文山填词，他喜爱在歌词中押韵，比如《千里之外》，因为押韵，唱起来会更有韵味。

现代诗人废名的《街头》前两句有押韵，且最后一个字皆是第四声（去声），读起来那种喧闹中孤寂的味道更浓：

行到街头乃有汽车驰过，

乃有邮筒寂寞。

不过最重要的是，千万不要为押韵而写出很怪、读起来意思很勉强的诗。

⑥ 刚学写诗可以先仿作吗？

我认为大部分人一开始的文学创作，免不了"有所仿"，甚至有人还极端地主张：世界上没有真正的原创。文学之仿，可能是模仿前人作品中

的主题、概念、形式、语法等。

起初创作，仿作当然可行，尤其是初写诗者，但在教学过程中，老师要逐步让孩子明白：仿作之后，如何突破，创造出自己更新更独特的作品。

教孩子写诗，一开始最容易仿的是形式，但别忘了：所有的形式，都是为了表现内涵。例如清代的王士祯所著"一字诗"《题秋江独钓图》：

一蓑一笠一扁舟，

一丈丝纶一寸钩。

一曲高歌一樽酒，

一人独钓一江秋。

整首诗以"一"这个字来贯穿，表达出天地间一个人的孤独的景况。初学者模仿时便须知道写出来的"一字诗"，要搭配的情感是孤独，或是享受孤独，结局不能热闹喧哗。

教学时，可以先与孩子讨论：本次的仿作，是摘取诗的什么来仿，主题、语法，还是形式？请孩子想想如何跳脱原有的窠臼，比如：上述的"一字诗"强调孤寂，仿作时可不可以将主题改成"虽然孤独一人，这种感觉却让人享受"？等于在形式上模仿它，但在表达的情感上与它完全相反。

⑦ 什么是诗中的比喻？

任何形式的文学创作，都常运用比喻。宋代陈骙在《文则》一书中，把比喻分为十种：直喻、隐喻、类喻、诘喻、对喻、博喻、简喻、详喻、引喻、虚喻。不过，教孩子初学诗的比喻时，可先大略分为"直喻"与"隐喻"。

比喻就是"真正要说的是甲，但不直说，而以乙来说"。所以，乙一定跟甲有关联，例如玫瑰代表爱情，当我们想说"我爱你"时，可以比喻"你是我园中仅有的玫瑰"；玫瑰就是乙，爱情是甲。

以下略述"直喻"与"隐喻"：

（1）直喻——直接写"某甲像某乙"，比如："雾中的路，好像蒙着薄纱的人。"直喻通常会出现"是、好像、仿佛、好似、有如"等字词，让人一读便知。唐代李白著名的诗句"白发三千丈，缘愁似个长"，其中的"似"即"好像"之意，便是典型的直喻。诗人林世仁的童诗《树叶名片》开头第一句便是"叶子是树的名片"，也是典型的"甲就是乙"直喻法。其他例子还有诗人绿原的《小时候》前三句：

小时候

我不认识字

妈妈就是图书馆

（2）隐喻——不直说甲，而说乙，甚至全诗中完全没有提到甲，但是读者能感受到乙就是甲。所以诗人真正的意念是隐藏的，必须靠读者自己发现与解读。

于是，隐喻的方式便需要技巧，否则隐喻半天，读者根本没有察觉真意，就失去比喻之功效了。

如何让隐喻成功，有三个可行之道：

①将真正要表达的主题直接写出，但整首诗采用隐喻。例如：主题是母爱，但整首诗不直接写爱，只写出妈妈做了哪些事。

例如儿童文学作家林良的童诗《妈妈》，写着"晚上我上床，最后一眼，

看到你正在忙。天亮我醒来，睁开眼睛，看到你还在忙。"全诗不直说妈妈的伟大，但借着忙的形象，已将其成功塑造。

②以某一事件来表达真正要说的主题。唐代刘长卿的《听弹琴》："泠泠七弦上，静听松风寒。古调虽自爱，今人多不弹。"乍看是在写当时的人已经不听古调，但"静、松风、寒"带有孤高寂寥感，且古与今的对比，意味着诗中要写的是不同的两方。是哪两方？这便引起读者猜想。本诗其实真正的主题是"曲高和寡"或是"众人皆醉我独醒"。

③搭配"象征"来使用。象征，指的是大多数读者比较熟悉的"某事物代表某种情感"，例如大家都同意：毛毛虫变成蝴蝶，是"蜕变、成长"的象征，因此如果诗中写到这件事，读者便知道是在象征"成长"。

为什么写诗要善用比喻？因为诗注重心中情感，所以直说太肤浅平淡，经过转化，增添美感，也强化意念。再者，不直说，让读者猜测、回想，让诗更有余味。

⑧ 什么是诗的意象？写童诗需要注重意象吗？

关于诗的意象有多种解释，也有多种分类法。对初学写诗的孩子而言，不必掉入太深奥的解释的困境，只需知道"为什么读诗时能引起某种特别的感觉"，通常就是因为这首诗，制造了某种"意象"，因而激起读者的情感。

简言之，诗人会在诗中布置一个具体的环境，让读者好似"看、听、闻、

嗅、触"到这些具体物件，进而产生特定的感觉。

最简单的例子是：诗人林世仁的诗作《啊！夏天》的第一句"十个太阳挤进我的小脑袋"。平常一个太阳高挂空中，都已经让人热得受不了了，何况是十个太阳在脑袋中，那种热到快要爆炸的氛围，就是这个句子制造出来的意象。

有时候，意象会跟比喻重叠，通常是因为这个比喻带着浓厚的象征意味。例如，诗中以"我站在十字路口"来隐喻"我不知道该何去何从"。"十字路口"是"多个方向、多种选择"的图像，于是，读者在脑中会浮现那种"人来车往、纷纷扰扰"的画面，较能引发联想："到底要选哪个方向？"这就是诗人成功地以十字路口这个具体物件制造出彷徨迷惘的"意象"。

创作童诗，可先从"多运用象征"开始练习。带着孩子练习：如果要表达某类情感，用哪些具体事物比较好？起初可多用对照的方式。比如，想表达"妈妈的爱很深"，是用"瀑布""大海"，还是"潺潺小溪"为宜？想表达"希望"，使用"春天花草萌新芽"还是"秋天落叶飘落"？

⑨ 如何产生诗的节奏感？

诗经常与歌被一起提及为"诗歌"，古代人读诗，常加上曲调吟诵，所以，诗的本质中，某部分与歌曲是紧密相关的。所谓诗的节奏感，是指读起来像乐曲般有规律的节拍，可能因为音符轻重起伏，或是曲调重复而产生。

不论大声朗读或在心中默读，甚至只是眼睛看到一行行字的视觉效果，诗的节奏感都会带来感官上的美感。这是因为规律的节拍、反复的调子、

高低音、乐音轻重快慢所制造出的节奏感，使得诗读起来、听起来、看起来很舒服。古诗有五言绝句、七言绝句，还讲求押韵，为的就是读起来很有节奏感。

可以找首五言绝句让孩子读读看。例如：将柳宗元的《绝句》中"千山鸟飞绝，万径人踪灭"改为"千山鸟飞，万径人踪"，或是"千山鸟飞绝迹，万径人踪灭无"，都不如原来的好。

如何制造诗的节奏感？可分为"形式"与"内涵"两种方法。

（1）从形式上制造节奏感（音律上的节奏）

制造节奏感的方法有押韵、字的平仄（音调第一、二声为平，第三、四声为仄）、字词句重复、句子长短的组合方式的变化等。以下举数例：

＊日本作家宫泽贤治的诗《不畏风雨》的前三行：

不畏雨，

不畏风，

不畏冰雪和酷暑，

连续重复三个"不畏"，制造节奏感。

＊当代诗人张默的《落叶满阶》的诗句：

"穿越，穿越，急急地穿越"，一连三个穿越，而且尾字是第四声，像是重重的鼓点，因而产生节奏感。

＊当代诗人杨唤的《夏夜》诗句：

来了！来了！

从山坡上轻轻地爬下来了。

来了！来了！

从椰子树梢上轻轻地爬下来了。

运用不断的重复，产生夜晚脚步逐渐走过来的节奏。

（2）从内涵上制造节奏感（意义、情感上的节奏）

诗的内涵，指的是诗中营造出的情境或氛围，带给读者的心理感受。

＊可以是"结尾时的转变"，比如全诗原本是轻松的，最后一句忽然很紧张；或是原本充满悬疑，最后一段忽然揭晓答案，像是交响曲中最后那一声响亮的钹。

＊也可以是逐步增强或减弱，让读者情绪像爬阶梯般，堆积出一种情感上的节奏。

以当代诗人孙维民的《一只麻雀误入人类的房间》的诗句为例：

在屋梁的灯罩和灰白的墙壁之间

在灰白的墙壁之间和窗户的玻璃之间

在窗户的玻璃和舞蹈的灰尘之间……

全诗共二十七句这样的重复句，让读者仿佛跟着麻雀在房间的各种物件中飞来飞去，一句句带领读者爬着情绪的阶梯。

本来麻雀在屋中的各种物件中飞行，像是有趣的冒险，然而因为诗人逐步在诗中加入负面的形容词，比如"在枯死的盆栽和黄昏的枪声之间"，读者的心情于是跟着慢慢产生恐慌，直到最后一句"它扑动着颤抖的、绝望的双翅"，终于情绪达到最高点，末句便是此曲悲歌中的最后那一声高亢的钹。

又如作家杨茂秀以"七星潭"为笔名发表的《一点点》，前面八句都有"一点点"一词，从一点点种子、一点点泥土，到一点点等待，最后两句是"然后，一朵小花！"也带有"情感上跟着一起期待"的节奏感。

⑩ 如何培养诗的想象力？

诗应该是所有文体中最宽容的，因为它最强调创意，希望以新奇有趣、意想不到、非平常的手法，来产生震撼感。因此，我觉得有时候写诗，干脆先不管规则，或故意违反规则，说不定反而萌生新意。

诗的创意，当然是指写诗的人要富有想象力。不妨平时多培养以下几种态度：

（1）愿意多元看世界。对所有的事情，不要只有一种想法。或是当自己有一种想法时，也试着从相反的角度想想看。例如："计算机一定听人的指令吗？""外星人，一定是来攻占，或是一定不是来攻占地球的吗？"

（2）愿意带着游戏精神，尝试写诗的新点子。有许多诗人以实验精神创作让人耳目一新的诗，不妨多阅读与诗有关的书籍、报道与评论。

当代诗人夏宇是一位创意代表人物。她写过类似小学生考卷的"连连看"新诗：将几个不相干的字词分列两边（包含一个让读者自填的空格），请读者自己连连看，并设想这样连会连出什么意义。这是在诗中加入"读者参与"的互动感。

当代诗人唐捐的诗句"我抱歉时，歉居然没抱住我"运用双关，产生无比趣味。或是马来西亚的童诗《世界末日那天》，全诗只有四个字"学校放假"，读者读来应该会大笑出声，但又不得不点头赞同。看似无厘头的诗，却带来新颖趣味。谁说写诗不可以像在玩游戏？

可以模仿游戏精神，练习写自己的创意游戏诗，相信孩子一定会兴致盎然。

以下列举数种有趣的游戏诗，供参考运用：

* 找理由诗。例如题目是《为什么我会迟到》《为什么我考零分》，请孩子"从结果想原因"，列举让人意想不到的理由，写出一首趣味的"找理由诗"。

* 误用量词诗。故意将量词用错，制造有点哲理的诗。比如"教室里有一颗颗的人"（意思是呆坐着的学生，像一颗颗不动的石头）。

* 反常的定义诗。故意不写物品的原本用途，想象出它的新奇用法，但必须有点道理，而非只是胡说一通。例如"猫咪，是用来反对你的""钱，是用来练习什么叫作买不起的"。

* "一句话"诗。仿《世界末日那一天》，或另定主题如"学校放假那一天""地球停止转动那一天"，也写"一句话"诗，但这句话必须让人会心一笑。

* 字形诗。有些汉字本身的造型就很有意思（某些是源自象形字），例如"田"像方正的田地，"森"是三棵树，"好"是女与子，"固"是古被围在方框内。加上想象，将字赋以意义，可以写成叙事诗（有情节的诗）。

例如"仇"可以写成诗："九个人／一个美／一个白／一个有才……九个人谁也不爱谁。"

* 图像诗。刻意将诗句排成图形，例如写《山》，便将句子排成三角形。诗人詹冰有首《水牛图》，将整首诗排成像一只站立的牛（还有两只牛角）。林世仁的《稻草人》也将诗句排成稻草人的轮廓。

图书在版编目（CIP）数据

小孩的使用说明书 / 王淑芬著；马小得绘 . —福州：福建少
年儿童出版社，2023.4
（小太阳童诗馆）
ISBN 978-7-5395-7835-4

I. ①小… II. ①王… ②马… III. ①儿童诗歌—诗歌创作—
创作方法—中国 IV. ①I207.8

中国版本图书馆CIP数据核字(2022)第027872号

小太阳童诗馆
小孩的使用说明书（XIAOHAI DE SHIYONG SHUOMINGSHU）

作者： 王淑芬 / 著　马小得 / 绘
出版发行： 福建少年儿童出版社

　　　　　　http://www.fjcp.com e-mail：fcph@fjcp.com

社址： 福州市东水路 76 号 17 层（邮编：350001）
经销： 福建新华发行（集团）有限责任公司
印刷： 福州万紫千红印刷有限公司
开本： 670 毫米 ×890 毫米　1/16
印张： 9.75
印数： 1—20000
版次： 2023 年 4 月第 1 版
印次： 2023 年 4 月第 1 次印刷
ISBN 978-7-5395-7835-4
定价： 33.00 元

如有印、装质量问题，影响阅读，请直接与承印厂联系调换。联系电话：0591—87595588